KB109599

마지막 한 달

마지막 한 달

발행일	2019년 7월 10일
지은이	곽노협
펴낸이	손형국
펴낸곳	(주)북랩
편집인	선일영
디자인	이현수, 김민하, 한수희, 김윤주, 허지혜
마케팅	김회란, 박진관, 조하라
출판등록	2004. 12. 1(제2012-000051호)
주소	서울시 금천구 가산디지털 1로 168, 우림라이온스밸리 B동 B113, 114호
홈페이지	www.book.co.kr
전화번호	(02)2026-5777

편집　오경진, 강대건, 최승헌, 최예은, 김경무
제작　박기성, 황동현, 구성우, 장홍석

팩스　(02)2026-5747

ISBN　979-11-6299-780-2 03810 (종이책)　979-11-6299-781-9 05810 (전자책)

이 도서의 국립중앙도서관 출판예정도서목록(CIP)은 서지정보유통지원시스템 홈페이지(http://seoji.nl.go.kr)와
국가자료공동목록시스템(http://www.nl.go.kr/kolisnet)에서 이용하실 수 있습니다.
(CIP제어번호: CIP2019025968)

(주)북랩 성공출판의 파트너

북랩 홈페이지와 패밀리 사이트에서 다양한 출판 솔루션을 만나 보세요!

홈페이지 book.co.kr　•　**블로그** blog.naver.com/essaybook　•　**원고모집** book@book.co.kr

천국으로 떠난 아내와 함께한

마지막 한 달

곽노협

북랩 book

목차

I love you

어머니를 기리며

어머니가 천국에 올라가신 지
46일째 되는 날입니다

기독교 신자이셨던 어머니가 원치 않기에 따로 49재를 지키지는 않지만, 지키는 사람들에게는 기일 전 모두가 먼저 떠나간 이를 기리는 마지막 날이라는 생각에 시간이 참 빠른 것 같기도 하고, 모든 게 꿈인 것 같기도 하고 어제 일처럼 느껴지기도 합니다.

어머니는 15년도 4월경 폐암 진단을 받으셨습니다. 아버지와 학원을 운영하시는 도중 손의 움직임이나 고개의 움직임에서 이상을 느껴 천안의 순천향 병원에 내원하셨습니다. 검사 뒤 뇌종양 소견을 받고 큰 병원으로 가라는 말에 서울대 병원으로 올라갔죠. 올라가서 다시 각종 검사를 진행했습니다. 저는 당시 학교를 다니며 편입 준비를 하던 중이라 서울에 올라와 어머니와 함께 시간을 같이하며 검사를 하고 결과를 기다리고 있었습니다.

마지막 한 달

의사가 들어와 그러더군요. 새롭게 찍은 영상자료에서 폐에도 뭔가 있다고…. 관련 지식이 전무했던 저희 가족은 어리둥절했지만 조직 검사를 해야 한다는 말에 조직 검사 후 양성이길 바라며 기도하고 있었습니다. 지금 와서 생각 해보면 이미 폐암 4기 확정이었던 순간이죠. 그리고 폐암 진단을 받았습니다. 어머니, 아버지와 함께 주치의에게 결과를 들으러 간 자리에서 4기 진단을 받았고, 말해준 의사 마저 원망스럽고 참담한 순간이었습니다. 우리 모두는 어 찌할 바를 몰랐고 눈물만 흘렸습니다. 차라리 처음 진단받 은 뇌종양이길… 이 모든 것이 꿈이길….

퇴원을 하고 항암 치료를 하게 되었습니다. 폐암을 아는 사람이라면 모두 아는 '이레사' 태블릿으로, 구강 복용을 하면 되고 부작용도 적어 이 약으로 오랜 기간 유지되길 바랐죠. 김태민 담당 교수님은 희망을 주셨고, 4기는 말기 가 아니라 병을 단계별로 분류한 것뿐이었습니다. 그렇게 약 1년간 어머니께서는 이레사를 복용했습니다.

이때 당시는 정말 많이 힘들었던 것 같습니다. 술, 담배 일절 안 하시고 항상 긍정적이며 모두가 건강하다고 치켜 세우던 어머니가 폐암이라니…. 그것도 4기의…. 누구도 받아들이기 힘들었지만 우리는 나아가야 했고, 가족의 모 든 생활의 포커스는 어머니께 맞춰졌습니다.

이레사를 먹는 기간은 나중에 생각해보면 가장 좋은 시간이었습니다. 약도 먹기 편했고 무엇보다 부작용이 심하지 않았으니까요. 산에 매일 다니고 좋은 것, 맛있는 것을 먹었죠.

이때 제일 힘들었던 점은 사람들이었습니다. 뭐가 좋다더라, 뭐를 해야 한다더라, 외국으로 가야 하지 않냐 등등 걱정과 위로에서 한 말이란 것은 알지만, 그 한마디 한마디가 우리를 흔들었습니다. 검증되지 않은 대체 의학, 입증되지 않은 보조제 등을 보며 아픈 사람들도 사업의 아이템이 되는구나 하는 생각뿐이었습니다.

마지막 한 달

이레사의 내성이 찾아왔습니다. 내성이 왔다는 것은 약을 복용하였는데도 암의 크기가 유지되지 않을 때를 말합니다. 이레사를 복용하시면서 내가 졸업하고 직장을 얻고 장가갈 때까지만 버텨주셨으면 했습니다.

하지만 내성이 찾아왔고 다른 항암 치료를 시작해야 했습니다. 그 이후 항암제를 동시에 사용한 것까지 포함하면 10가지 정도 되는 것 같습니다. 항암-내성-항암-내성의 반복이었죠. 어머니는 지쳐가셨고, 그것을 보는 것은 너무나 힘들었습니다.

힘든 상황의 연속에서도 어머니는 긍정적이며 남들을 먼저 생각하셨습니다. 그럴 때마다 저는 "엄마 좀 이기적으로 해도 돼. 우리 좀 부려먹어." 이런 식으로 말했죠.

저와 어머니는 제 생각엔 정말 친구나 연인 같았습니다. 서로 잘 지내다가도 티격태격하고 또 화해하고… 어머니와 함께 있으면 너무 좋았습니다. 동생과 정반대의 성격이라 활발하고 말 많고 어머니와 조금 더 가까이 지냈지만, 어머니는 동생 걱정을 더 많이 하셨습니다. 그때는 그게 또 질투가 나더군요.

마
지
막
한
달

16년도에는 어머니가 주은 라파스 병원에 들어가기로 하셨습니다. 당시 아버지가 고향에 집을 지어 그쪽에서 살기로 했는데, 어머니의 생활과 식사가 문제였죠. 하지만 주은에서는 암 환자들만 따로 지내는 병동이 있었고, 영양 만점의 암 환자 특식이 나왔습니다. 또한 어머니가 모든 것들에 신경을 쓸 필요가 없었고 오로지 본인 치료와 운동에만 집중할 수 있었습니다.

저는 처음에는 반대했습니다. 서울에 편입하여 학교를 다니고 있었지만 '내려가겠다. 가족이 있는데 거길 왜 가냐'라는 의견이었지만, 어리고 단편적인 생각이었습니다.

마지막 한 달

어머니는 그곳에서 환우들과 의지하며 편하게 지내셨고, 운동을 정말 열심히 하셨습니다. 무엇보다 먹는 것이나 요양에 대해서 생각할 필요가 없었고, 가족이 나 때문에 고생한다는 생각을 하지 않아서 좋아하셨죠.

지금 생각하면 어머니께서 그곳에 간 것은 정말 좋은 선택이었습니다. 저는 매주 어머니와 금요일 진료를 보고 같이 내려가서 주말을 함께 보냈습니다.

서로 사랑하고, 서로 힘이 되어주는 주말들이었습니다.

어머니는 기공 체조라는 걷기, 명상 운동을 정말 열심히 하셨습니다. 특별한 점은 없었지만, 이 운동을 하루 약 2시간씩 두 번 하셨어요. 투병 기간 동안 누가 보면 아픈 사람 맞냐고 할 정도로 잘 유지하셨던 이유 중 하나라는 생각이 들기도 합니다.

아무튼 열심히 운동하시고 맛있는 것도 많이 드시고 잘 유지하셨는데, 17년 여름 어머니의 폐에 물이 차기 시작했습니다. 호흡이 힘들어지고 물이 차서 폐가 무거워졌습니다. 겪어본 사람들은 물속에서 숨 쉬는 것 같다고 하네요. 상상할 수조차 없습니다.

마
지
막
한
달

증상이 심해져 서울대에 입원을 하고 물이 찼으니 주사기로 폐에서 흉수를 뽑아내야 했습니다. 매번 처치를 할 때마다 힘들어하셨기에, 계속 그렇게 할 수는 없었습니다.

교수님은 폐의 막을 붙이는 수술을 진행할 수도 있다고 하셨는데, 일단은 새로운 항암 치료를 먼저 해보자고 하셨습니다. 별 효과를 기대하지 않았던 약은 어머니 몸속의 암을 공격했고, 금세 좋아져 퇴원하여 다시 공주 병원으로 내려왔습니다.

투병 기간 동안은 매주, 매달, 매년 비슷한 패턴으로 살아왔습니다. 매주 금요일 진료할 때마다 내성이 생겼는지, CT나 MRI에 어떤 변화가 있는지, 약은 잘 듣고 있는지… 정말 떨리는 순간이었습니다. 병원 스케줄은 매주 진료에 두세 달에 한 번은 CT나 MRI를 찍어야 했죠.

지금에 와서 생각해보니 정말 바쁜 나날들이었네요. 서울에 있었던 저는 혜화에 셀 수 없이 갔고, 어머니와 아버지는 ktx와 기차를 셀 수 없이 타셨죠. 얼마 전 서울역에서 기차를 탈 일이 있어서 갔다가 어렴풋이 보이는 어머니의 모습에 눈물을 참을 수가 없었습니다. 혜화에는 아직 가보지 못했어요.

퇴원 후부터 18년도까지는 또 다른 패턴의 반복이었습니다. 약이 많이 남아있지 않아서 임상도 시도했지만, 어머니의 케이스에 맞는 약을 찾기는 힘들었습니다. 그러나 교수님들은 계속 희망을 주셨고, 저희도 희망의 끈을 놓지 않았습니다.

마
지
막
한
달

18년도에는 저는 학교를 다니면서 하던 일을 쉬게 되었고 발목 수술을 받았습니다. 그래서 시간이 많았죠. 발목 수술 뒤에는 어머니 병실에 보호자로 같이 있었는데, 사실 이때는 제가 더 환자였어요. 어머니는 하루 몇 시간씩 운동을 하셨지만 저는 한발 디디지도 못했죠. 이때 매일 붕대 풀어서 처치해 주신 간호사분들이 어찌나 고맙던지….

그렇게 일주일, 또 여름 방학을 하고 나서 일주일 정도를 어머니와 병원에서 단둘이 보냈어요. 같이 TV 보고, 영화 보고, 밥 먹고 나면 산책하러 갔다가 오목도 두었죠. 물론 티격태격도 조금 했어요. 아무튼 계속 이렇게 버텨주시길 바랐고, 당장 내일이라도 '폐암 치료제 개발!', '폐암도 완치 가능!'이라는 기사가 뜨길 바라고 있었습니다.

모든 것이 뜻대로 되면 얼마나 좋을까요. 두통이 심해지시고, 신체 기능이 조금씩 저하되던 어머니는 뇌척수 전이 판정을 받았습니다. 이 사실을 들었을 당시 저는 이미 네이버 폐암 카페를 통해 알고 있었고, 매우 좋지 않은 예후를 가진다는 것도 알고 있었습니다.

그러나 저를 포함한 모두는 지금까지처럼 기적을 바랐습니다. 척수를 통해 항암제를 주입하고, 따로 항암제를 투여받았습니다. 척수에 항암 치료를 한 뒤에는 4시간 이상 움직이지 못하고 누워있어야 했고, 항암제는 부작용을 나타냈습니다. 대소변이 스스로 조절이 되지 않기 때문에 간호사분들의 도움이 필요했습니다. 미각을 포함한 감각들이 둔해졌고, 보행도 점점 힘들어졌습니다.

마
지
막
한
달

계속 치료는 이루어졌지만 퇴원 요구를 받았습니다. 정말 화가 났지만, 어머니뿐만 아니라 다른 환자들도 있었고, 대기 순번이 너무 많았습니다. 결국 서울 근교에서 지내기로 하고 요양병원을 찾다가, 청담 힐 요양병원에 들어가게 되었습니다.

아버지, 어머니와 1인실에서 상주하며 지냈는데 어머니는 두통과 하필 그때 찾아온 디스크 탈출증으로 힘들어하셨습니다. 같이 지내면서 응급실을 자주 갔지만, 근본적인 암의 치료가 되지 않으면 할 수 있는 게 없었습니다.

매일 고통스러워하시던 어머니를 보면서 너무 마음이 아팠습니다. 대소변장애와 디스크, 두통으로 고생하셨고, 간헐적으로 섬망증세가 찾아왔습니다. 그때마다 놓아 달라, 빨리 하늘나라 보내 달라 하시는 어머니를 보면서도 어찌할 방도가 없는 것이 너무 고통스러웠습니다. 하지만 정신이 있으실 때는 우리를 걱정하시고 긍정적으로 상황을 바라보는 모습에 아직도 존경스러운 마음이 가득합니다.

그런 상황이 반복되다가 1월 둘째 주 정도에 담당 교수님께서 호스피스를 추천해주셨습니다. 앞으로의 항암 치료는 오히려 여명을 앞당기는 것이라고 하셨죠. 예상했지만 너무 슬펐습니다.

마지막 한 달

그 이야기를 들었을 당시, 어머니는 섬망중세로 의식이 없으셨습니다. 다음 주까지 치료 계획을 정해오라는 교수님의 말씀을 들었기에 어머니께 상황을 설명해야 했습니다.

어머니도 평소 환우들과 얘기를 많이 나누던 탓에 호스피스에 긍적적인 생각을 가지고 계셨고, 나머지 가족도 모임이나 카페를 통해서 긍적적인 마음을 가지고 있었습니다. 더 이상 치료를 이어가는 것은 오히려 우리의 욕심 같았고, 숨사랑에서 호스피스 관련된 많은 글을 보았기에 어머니의 뜻을 존중해 고통을 덜어드리고 싶었습니다. 그러나 자식 된 도리로 어머니께 죽음을 준비하자는 말을 쉽게 꺼낼 수 없었습니다.

치료계획을 정해야 했습니다. 아버지는 더욱이 힘드실 것 같았고, 제가 어머니께 앞으로 항암 치료 여부를 여쭈어보았습니다. 어머니는 그만하고 싶다고 하시며 우리에게 미안한 내색을 보이셨죠. 언제나 우리 생각뿐이신 어머니였습니다.

그 주에 바로 고향 근처인 천안 의료원 호스피스 병동에 오게 되었습니다. 저는 학교를 마쳤고 국가고시도 치렀기에 아버지와 같이 상주하면서 지냈습니다.

마지막 한 달

어머니와 이런저런 준비를 하고 추억을 더 쌓고 싶었지만 쉽지 않았습니다. 유언 영상, 사진 등 많은 것을 해야겠다는 생각했지만 쉽지 않았습니다. 통증은 바로바로 조절이 가능해서 편안해 보이셨지만, 하루하루 나빠지시는 것은 어쩔 수 없었죠. 점점 말이 줄어들고 의식 수준이 떨어져 갔습니다. 뇌척수 전이 때문에 교감·부교감 신경의 이상 작용으로 열과 혈압이 통제가 안 되었고 임종 증상이 하나둘 보이기 시작했습니다.

선생님은 주변 사람들과 가족들에게 연락하고 마지막으로 좋은 시간을 선물하라고 하셨습니다. 매일 위로와 격려의 발길이 끊이질 않았죠. 정말 고마운 분들이 많지만 일일이 열거할 수 없네요.

하지만 어머니의 의식 상태는 나빴고, 좋았어도 두통과 통증으로 누군가를 만나는 것을 힘들어하셨습니다. 아버지와 저는 계속 상주했고, 일을 하는 동생도 최대한의 시간을 쏟아부어 모두 함께 이겨내는 시간이었습니다. 우리는 밤과 낮으로 찬송가를 틀어놓고 어머니와 육성으로, 눈빛으로, 마음으로 이야기를 나누었습니다.

어머니는 거의 의식이 없어졌고 많은 임종 증세를 보이셨습니다. 혀가 마르도록 구강호흡을 하셔서 약을 사다 발라드렸습니다. 후에 치과 치료 중 입을 30분 정도 벌리고 있는데도 입이 말라 불편함을 느꼈습니다. '어머니는 몇 날 며칠을 입을 벌리고 지내셨으니 얼마나 힘들었을까' 하는 마음에 치료 도중 눈물을 흘린 기억이 나네요.

시간이 지나서 어머니는 수의(隨意)적으로 손발을 움직일 수 없어서 부종이 생겼고, 스스로 체위 변경을 할 수 없어서 정해진 시간마다 체위 변경을 해드려야 했습니다.

2월 18일 월요일 오전 새벽 다섯 시. 알람을 듣고 일어나 체위 변경을 해드리려고 하니 열이 많이 나서 한두 시간 정도 손발을 닦아 드리고 나서 다시 쪽잠을 청했습니다.

저는 정말로 초등학교·중학교 이후로 꿈을 꿔 본 적이 없었는데, 이때 갑자기 꿈을 꾸었습니다. 저는 어머니를 내려다보고 있었고, 어머니는 입을 벌려 저에게 무슨 말을 해주셨는데 들리지 않았습니다. 크게 말해 달라 하고 듣고 있는데 실제로 웅성웅성 소리가 들려 일어나니 간호사들이 어머니의 호흡 얘기를 하고 있었습니다.

어머니는 이미 임종 호흡인 체인-스톡 호흡을 그 전부터 하시고 계셨기에 처음에는 심각성을 느끼지 못했지만, 호흡이 점점 더 짧아지더니 바이탈이 모두 잡히지 않게 되었죠.

당황한 저희 가족은 눈물조차 나오지 않았고, 의사 선생님께서 열 시에 임종하셨다고 확인을 해주셨습니다. 동생과 아버지, 저는 흐르는 눈물을 주체하지 못하며 어머니 귀에 많은 축복의 말과 사랑을 전했고, 병원 목사님의 주재로 임종 예배를 드리고 장례식장에 가서 절차를 밟았습니다.

마지막 한 달

하루 전인 2월 17일은 동생의 생일이었고, 그 전주 금요일은 제 졸업식이었습니다. 장남의 긴 학교생활을 끝까지 기다려주시고, 가장 걱정하시던 동생의 생일 다음 날 천국으로 올라가셨습니다. 마지막까지 아들들을 배려해 주신 나의 어머니였습니다.

장례를 치른 뒤 집 주변 납골당에 모셨습니다. 이후 특별한 일이 없으면 매일 아버지를 비롯한 가족들과 찾아뵙고 있습니다. 시간이 지날수록 무뎌지는 듯하지만, 반대로 어머니를 잊는 것 같아 마음이 아프네요. 하루에도 몇 번씩 불쑥 튀어나오는 어머니의 흔적에 눈물을 흘립니다. 이제 곧 병원에 취업을 앞둔 터라 앞으로는 자주 찾아뵙지 못할 것 같아 죄송스러운 마음뿐입니다.

긴 글 읽어주셔서 감사드리고 어머니의 진단부터 모든 방법을 동원해 치료에 힘써주신 대한민국 최고의 병원인 서울대병원의 김태민 교수님, 옥찬영 교수님 외 간호사분들, 가족처럼 어머니를 케어해 주셨던 주은 라파스 간호사 및 직원분들, 어머니의 마지막을 고통 없이 잘 관리해주신 천안 의료원 안창호 과장님 외 간호사분들, 또 항상 양질의 정보를 주신 카페 회원분들께 진심으로 감사드립니다. 또한 물심양면으로 힘이 되어주신 친척 및 가족분들과 지인 분들께도 진심으로 감사의 말씀을 드립니다.

마지막 한 달

죽음은 우리가 태어나 걷고 말하듯 당연한 순리이며 모두가 겪는 당연한 일이지만, 죽음을 앞둔 사람에겐 공포의 대상일 수 있습니다. 또한 누군가를, 특히 가족을 잃어버린 상실감과 그 빈자리는 이루 말할 수 없습니다.

제 어머니와 저희 가족과 같은 상황에 처한 분들께 당부드리고 싶은 말씀은, 현재에 최선을 다하셨으면 좋겠다는 것입니다. 투병 중인 가족이 있다면 모두 그렇게 하시겠지만, 전 투병 기간 동안 모든 시간을 함께하지는 못하여도 모든 일과 시간에 어머니를 우선했습니다. 후회 없지 잘하자, 최선을 다하자 했지만 후회는 남을 수밖에 없습니다.

또 하나 드리고 싶은 말씀은 서로 사랑하고 이해하는 것입니다. 모든 인간관계가 그러하듯 투병 중인 사람이나 가족, 지인들 간의 관계도 평범한 인간관계입니다. 서로 더 노력하고 사랑하세요. 이 말은 단순히 투병 중인 분들뿐만 아니라 이 글을 읽으시는 모든 분들께 드리고 싶네요.

지금 비슷한 처지에 계신 분들이 계시다면, 지금 주어진 시간, 매 순간에 최선을 다하십시오. 모든 걸 포기하고 올인하는 것이 아닌, 서로가 주어진 상황에서 서로를 존중하며 최선을 다하는 것이 환자와 가족의 가장 좋은 모습이 아닐까 생각합니다.

오늘도 사랑한다는 말과 따뜻한 포옹, 평소에 못 했던 말 한마디를 나누셨으면 좋겠습니다. 아직 시간이 많으신 분들이 계시다면, 제 글을 읽고 더욱 많은 사랑을 나누셨으면 좋겠습니다.

모든 환우분들과 보호자분들, 사별 가족분들, 이 글을 읽으시는 모든 분들께 축복이 있기를 기도하겠습니다.

- 큰아들 창신

with love

아내와 함께한
한 달

2019년 1월

2019년 1월 17일

　　내일이면 서울대병원 김태민 교수를 최종적으로 면담하고 항암 치료의 중단을 결정해야 한다. 아내가 최종 결정을 해야 하는데 창신과 나는 이미 결정을 한 사항이므로, 아내에게는 내일 항암 치료의 지속 여부를 결정해야 한다고만 말해놓은 상태였다.

　　오후 들어 통증이 심해진 아내는 5시경 호스피스로 가겠다고 말했다. 아내는 이미 그렇게 해야만 한다는 사실을 인지하고 진작에 마음을 먹고 있었던 것이었다.

마지막 한 달

공주 요양병원에서 가장 최근까지 친하게 지냈던 유임이라는 언니가 호스피스에서 생을 마감하였다는 소식을 나에게 전하면서 본인도 그리하겠다고 마음을 먹고 있었던 것이다.

그러나 아무리 다른 환우들이 앞서가는 모습들을 보았다고 한들, 스스로 그 길을 가겠다고 결정하기까지의 그 마음을 생각할 때마다 가슴이 미어지고 안타까운 마음이 드는 것은 어찌할 수 없다. 나는 곧 창신과 얘기해 내일(금요일) 퇴원하면서 김태민 교수와 면담하고 곧바로 천안 의료원 호스피스병동으로 가기로 결정했다.

최근 4년간의 투병 생활을 하면서 가장 힘든 결정이었다. 내일 퇴원을 위하여 나는 온양으로 가서 차를 가져오기로 했고, 창신은 원룸에 가서 옷가지를 챙겨오기로 했다. 8:30분에 고속버스를 타고 온양 집으로 와서 맥주 두 캔을 연거푸 들이켜고 잠자리에 들었다.

2019년 1월 18일

새벽 5시에 기상하여 5시 30분에 집에서 출발해 일곱 시가 되기 전에 청담 요양병원에 도착하였다. 창신, 현신과 함께 짐을 차에 싣고 여덟 시가 조금 넘어서 서울대병원을 향해 출발했다. 창신은 남아서 퇴원 수속을 하고 서울대병원으로 오기로 했다.

아홉 시가 조금 지나서 서울대병원에 도착해 곧바로 김태민 교수와 진료 면담을 했는데, 그동안 서로 수고했다는 마지막 작별인사 수준이었다.

마지막 한 달

　진료가 끝나고 곧바로 연명의료 계획서 작성을 위해 담당 간호사와 면담 시간을 가졌는데 담당 교수가 당장은 시간을 낼 수가 없어서 한 시간 이상을 기다려야 한다고 했다. 담당 간호사가 천안 의료원 간호사와 통화하여 연명의료 계획서는 천안 의료원에서 작성하기로 하고 곧바로 내려가기로 했다.

　아내가 호박죽을 먹을 수 있다고 해서 죽을 사 와서 주차장 차 안에서 먹었다. 천안의 최 사장과 통화하여 점심시간이 지나고 한 시 반에 병원에서 만나기로 했다.

죽 식사를 마치고 출발하여 한 시가 조금 넘어서 천안 의료원에 도착했는데, 아내가 힘들어 눕고 싶다고 했다. 누울 자리를 알아보았는데 지하 1층에서 근무하는 간호사가 오더니 주사실에서 잠시 누워 있을 수 있다고 하여 따라가게 되었는데, 바로 최 사장이 말한 그 지인이었다.

1시 반에 호스피스 가정의학과 과장님이 주사실로 와서 간단하게 상담을 했는데 응급실로 접수를 바꿔서 입원 수속을 하는 게 좋다고 하여 응급실로 가서 검사를 진행했다. 최 사장과 같이 기다렸다가 절차가 끝나고 4층의 병실로 올라갔다.

마지막 한 달

병실은 4인실인데 환자 한 분이 있었다. 얼마 후에 가정
의학과 안창호 과장으로부터 프로그램실에서 창신, 최 사
장과 함께 전반적인 아내의 상태와 호스피스 병동의 완화
의료 체계를 소개받았는데, 상세한 설명으로 모든 궁금증
을 해소하고 다소의 안도감을 가질 수 있게 되었다.

병실은 총 5개가 있고 임종실, 면회실과 프로그램실 등
이 있는데 병상은 여유가 있는 상태였다.

아내에게는 곧바로 통증을 완화할 수 있는 모르핀 성분의 진통제를 투여했고, 이곳에서는 통증의 최소화가 가장 큰 치료가 된다는 사실과 그동안 간헐적이고 지속적인 통증을 호소하는 아내의 고통을 덜어줄 수 있다는 것만으로도 큰 위안이 되는 것 같다. 통증으로부터 해방되어야 다음으로 무엇이든 생각해볼 수 있는 여지가 생기기 때문이다.

저녁이 되어 챙겨올 물건들이 있어서 집에 들렀고, 그 후 형 내외를 데리고 다시 병원에 와서 아내의 상태를 확인하고 집으로 돌아와 맥주 1캔을 마시고 잠자리에 들었다.

정말 긴 하루였다.

마지막 한 달

2019년 2월

2019년 2월 4일

　어젯밤에 아내가 나를 부르더니 이제는 하늘나라에 가야 한다고 말했다. 창신이가 하나님의 부름이 있어야 갈 수 있다고 대답했다. "엄마, 그동안 잘 버텨주서서 고마워요."라고 말하고 나에게 "말씀하세요." 하고 자리를 내준다.

　여보, 하늘나라에 가서는 아프지 말고 잘 지내고 있어요. 나랑 다시 만날 때까지 기다리고 있어요. 그동안 우리 행복하게 살았지. 당신은 너무너무 좋은 아내였고 너무너무 좋은 엄마였지. 그동안 고마워요. 좋은 딸, 좋은 동생, 좋은 며느리로 잘 살아줘서.

마지막 한 달

나와 함께 살면서 힘들게 해서 미안해요. 이렇게 아프게 가게 해서 미안해요. 처음 당신이 아프게 되었을 때 내가 꼭 고쳐준다고 말했는데, 그러지 못하고 여기까지 오게 해서 미안해요. 아픈 동안 더 잘해줘야 했는데 그러지 못해서 정말 미안해요. 공주에 있는 동안 좀 더 자주 보러 가야 했는데 그러지 못해서 미안해요.

마
지
막
한
달

2019년 2월 5일

오늘 아침에 5시에 일어나서 간호사가 체온과 혈압을 체크했는데 체온이 38.5℃로 열이 나네. 3일 째 계속해서 새벽에 열이 나네.

수건을 적셔서 다리와 발을 닦다가 현신이 깨워서 같이 얼굴, 목, 몸, 다리를 닦아주고 나서 간호사가 해열제를 주입하니 당신 숨소리가 안정되었어요.

이렇게 또 우리의 소중한 하루가 시작되고 있어요. 오늘은 설날이라 손님들이 많이 올 것 같아요.

2019년 2월 5일 23:23

　오늘은 창신이 친구 찬우가 한 시에 음식을 가져온다고
해서 현신이랑 신계리에서 국밥을 먹고 왔어요.

　한 시 넘어서 창신은 친구 종우까지 찾아와서 병천으로
찬우랑 점심을 먹으러 갔어요. 두 시쯤에 성안말 식구들
이 왔지요. 작은오빠, 형수, 태웅, 선하랑 큰형수, 근하 모두
가 왔어요.

　작은오빠가 너무 많이 슬퍼하시면서 당신한테 "이쁜 동
생으로 태어나줘서 고맙고 하늘나라에 가서 아버지랑 큰
오빠 만나서 같이 잘 기다리고 있어. 사랑해, 인희야."라고
할 때 모두 울었어요.

마
지
막
한
달

근하 맘도 당신을 많이 사랑한다고 말해주셨어요. 평소에도 자주 세 자매 중 당신이 가장 예뻤다고 내게 말해주셨던 거 같이요. 이렇게 우리 집, 처갓집 모두에게 사랑받는 당신이 너무 고마워요.

2019년 2월 6일 07:13

　오늘도 새벽에 열이 나서 창신이가 젖은 수건으로 당신을 닦아주고 있는 것을 보고 일어났는데 여섯 시 조금 전이었어요. 우리에게 창신이가 있어서 너무 좋아요. 당신을 대하는 태도가 너무도 사랑스러운 모습이에요.

　당신을 위해 애쓰는 행동 하나하나가 눈물이 날 만큼 애틋하고 정성스럽답니다. 우리에게 주어진 축복이지요. 어릴 때는 성깔이 있어서 당신을 힘들게도 했는데 이렇게 예쁘게 잘 자랐으니 대견하지요.

마
지
막
한
달

2019년 2월 6일 07:31

우리가 처음 만난 날이 생각이 나네. 청주 다방에서 장모님, 당신, 엄마, 나 이렇게 넷이서 만나 인사하고 차 마시고 어머니들 보내드리고 볼링장에 갔는데. 그때 당신의 모습이 생각이 나네. 감색 투피스를 입고 있었지. 시원스런 외모가 아주 멋지더군.

나중에 엄마도 당신을 아주 맘에 들어 하셨어요. 눈도 입도 커서 시원스럽다고 좋아하셨던 기억이 나네. 그날 헤어지면서 내가 무리하게 당신한테 부탁한 게 있었는데 잘 기억이 안 나네. 어딘가에 돈인가 우편인가를 대신 보내 달라고 했던 거 같은데.

하여간 나중에 장모님이 나를 처음 보시고 전날 꿈에서
본 모습과 똑같았다고 하셨다고 들었는데.

마
지
막
한
달

2019년 2월 7일 06:42

오후에 희진이네 식구들이 왔어요. 희진이 어머니가 당신께 하는 소리 들었지요. 사랑한다고, 무서워하지 말라고 하던데.

참, 오전에 당신이 나를 불러서 숨긴 게 있다길래 궁금했는데 오후에 내가 다시 물으니까 "궁금하면 오백 원."이라고 해서 현신이랑 한바탕 웃었어.

희진이네를 보내고 현신이 데려다주러 창신이도 나간 사이에 당신 맥박이 빨라지고 무호흡이 연속으로 생겨서 간호사에게 혈압을 재도록 하고 상태를 체크 했어.

혈압이 188까지 오르고 의식이 떨어져서 과장님과 상의
해서 이뇨제를 투여하니 안정화가 되었는데, 그동안 당신
이 호흡을 너무 힘들게 해서 '아 이제 이렇게 가는구나.'라
는 생각까지 들었는데 잘 참아줘서 고마워요.

마
지
막
한
달

2019년 2월 7일 06:54

오늘 2월 7일 새날이 밝았습니다. 간호사가 깨워서 일어났는데 소변통이 비어 있어 창신에게 물어보니 비우지 않았다고 해서 보니까 체내에 고여서 나오지 않았더라고.

빼내서 보니 500cc 나왔네. 밖에서 담배 한 대 피고 오는데 간호사가 체온이 38.1℃로 높다고 하네. 종전에 내가 손으로 대볼 때는 오늘은 열이 안 날까 싶었는데 얼음팩을 등에 대고 물수건으로 닦아주니 열이 내린 거 같아요.

마
지
막
한
달

2019년 2월 8일 06:53

　　오후에는 최 사장이 왔어요. 여기에 오는 날부터 지금까지 여러 가지로 일 처리를 부탁했는데 마다하지 않고 나서서 해주니 참 고마운 친구요. 그동안 수년 간 소홀해서 서운할 만도 한데, 특히 장례 준비를 잘 처리해서 더욱 고맙구려.

　　당신을 보낼 수밖에 없는 안타까운 마음이야 이루 말할 수 없지만, 그래도 최고로 편안히 보내드릴게요. 당신을 아는 모든 사람들이 당신을 추모하는 시간이 되도록 하겠습니다.

마지막 한 달

2019년 2월 8일 07:06

또 새날이 밝아오네. 아침에 눈을 뜨니 다섯 시네. 당신을 살펴보니 오늘도 여지없이 열감이 있네.

밤에 창신이가 위치 변경을 해놓았어요. 꼬리뼈 옆에 조그만 욕창이 있어서 잠시 후 간호사가 와서 밤새 잘 잤냐고 묻고 소변을 비워달라는데 창신이가 일어나 세 시에 체위 변경을 하고 열이 있어서 수건 찜질을 했다는군.

나도 물휴지로 당신 얼굴을 닦아주고 나서 간호사가 혈압과 체온을 재보니 161에 37.9℃가 나오네. 창이 얼음팩을 등에 대췄어요.

마
지
막
한
달

2019년 2월 8일 07:09

자전거를 15분 타고 들어와서 보니 열이 많이 내렸네.

오늘은 좀 더 많이 우리가 살아왔던 이야기들을 해봅시다.

2019년 2월 9일 00:21

　오늘은 하루종일 열이 37.8℃를 오르내렸네. 이런 당신을
보고 있자니 안타까운 마음을 견디기가 힘들었다오.

　혈압을 낮추는 이뇨제와 해열제를 연속으로 주입하고
이를 견디느라 힘들어하는 당신을 보는 것이 고통스러워
요. 오후 세 시에 관장약을 주입했는데 변이 나오질 않았
어요.

　두 시가 지나서 현신이가 왔는데 열감이 있어서 알아보
지를 못하네. 어느 순간 당신이 언니가 보고 싶다고 해서
연락하니 내일 일찍 오시겠다고 합니다. 내일 언니가 오면
정신이 맑아져서 잘 알아보고 대화할 수 있으면 좋겠어요.

마
지
막
한
달

오늘 밤도 잘 자고 내일 보자고요.

2019년 2월 9일 06:57

굿모닝~♥

오늘은 토요일. 처제, 처형, 처남 모두 일찍 온다네. 지난 밤에 열나지 않고 잘 잔 거 같아요. 한 시에 잠들었더니 새벽에 5시가 넘어서 일어났네.

당신을 살펴보니 자세가 변경이 되어 있고 열은 없는 거 같아요. 자전거를 타고 오니 창신이 깨어나기에 물으니 5시쯤에 체위 변경했다고 하네. 여덟 시에 다시 변경하면 된다고….

2019년 2월 9일 23:08

　오전 열 시가 되기 전에 처남, 처형, 처제랑 재홍 아빠가 왔었어. 아직도 열감이 있고 오전인데다 당신 의식도 희미한 상태라 더 안타까워하셨네.

　처형이 계속 당신 곁에 붙어서 어린 시절 당신이 그렇게도 언니를 잘 따랐다고 여러 가지 이야기를 하셨어요. 걱정하지 말고, 무서워하지 말고, 잘 가 있으라고 하시면서 한없는 눈물을 흘리셨어요. 그동안 당신 언니, 동생이 보여준 애틋한 사랑이 한없이 고맙다오. 내가 남아서 갚아나가야 하는데….

한 시 반에 노재가 양평 고모와 고모부를 모시고 왔어요. 고모부가 위암 수술을 하셨을 때는 찾아뵙지도 못했는데 이렇게 당신을 보러 와주셨으니 죄송스럽고 고마울 따름이지요. 대가에서 점심을 드시면서 엄마가 그렇게 당신을 좋아해서 자랑을 많이 하셨다고 얘기하시더라고.

이렇게 기억되게 해준 당신 정말 고마워요. 오후에는 창신이 친구 병희랑 ○○이 왔는데 기억이 안 나네. 오늘 하루도 고생했어요. 편안히 잘 잘 수 있기를 기도할게요.

2019년 2월 10일 11:00

새날이 밝았습니다. 여전히 열이 나고 힘들어하는 모습을 보면서 하루를 시작해요.

오늘은 별 내방객이 없을 거 같고, 저녁에 현신이가 오면 우리 네 식구만의 시간을 갖게 될 거 같아요. 당신이 몸살이 날 것 같은 오한을 느껴서 이불을 세 겹 덮고 겨드랑이에 온수병을 대주니 따뜻해서 좋다고 했어요.

찬송가를 들으며 당신이 마음 편하게 누워있는 모습을 보고 있어요.

2019년 2월 11일 01:21

　오전에 북면 노국이 내외가 왔는데 지영이 당숙 아재로 부터 연락을 받고 왔다고 하더라고. 일전에 지영 아재를 이 병동에서 만났는데, 천안 당고모 둘째 아들이 입원하고 있어서 병문안 오신 거였다고 하시더라고. 그 고모 아들은 마침 창신이 고교 동창 여자아이의 아빠더라고. 참 우연이 겹쳤다 생각했지.

　대가에서 점심을 먹으면서 얘기하다보니 상기, 석현이는 창신, 현신이랑 관계가 많이 닮았더라고요. 점심 전에 또 근하가 엄마랑 같이 왔어요. 참 고마운 근하 엄마예요.

마
지
막
한
달

저녁에는 현신이가 와서 같이 저녁을 먹었는데 지난번 내 생일 선물로 나이키 모자를 흰색, 검은색 두 개를 사 왔어요. 모자를 받고 보니 당신한테 미안하네. 앞으로는 당신에게 나도, 아이들도 더 이상 생일 선물을 줄 수가 없을 테니까요. 여태까지 생일이나 결혼기념일마다 속옷이랑 꽃다발을 선물해줬고, 당신은 그걸 받고 기뻐했는데.

아까 열두 시부터 열이 38.3℃로 올라가서 해열제 맞고 등에 얼음팩을 댔는데 아직도 열이 있네. 좀 있다가 다시 한번 재봐야 하겠어요.

2019년 2월 11일 11:52

　해열제 맞고 등에 댄 얼음팩 덕분에 열이 서서히 내려서 기다렸다가 두 시에 창신이 세팅해 놓은 체위 변경 알람이 울렸으나 삼십 분을 더 기다렸다가 두 시 반에 잠이 들었어요.

　세 시 반에 소변보러 깼다가 다시 자고 네 시 반에 깨보니 창신이가 체위 변경을 하는데 또 열이 나서 해열제 주입하고 얼음팩을 등에 대놓고 다시 잠들고 다섯 시 반에 간호사 오는 소리에 깨보니 아직도 열이 있다 하여 해열제 다시 주입했네.

당신이 너무 힘들어하는 모습을 지켜보다가 다시 잠들어 식사 오는 소리에 다시 깨고 자다가 여덟 시에 완전 기상.

길고도 힘든 새벽 시간을 잘 견뎌냈어요.

오늘은 좀 더 편안한 하루가 되길 바라요.

마
지
막
한
달

아 내 와 함 께 한 한 달

84
/
85

2019년 2월 12일 06:20

　오전에 예산 누나가 오셨어요. 당신이 아프고 나서 가장 안타까워하고 마음 써주신 고마운 누나예요. 살면서 조금이나마 이 은혜를 갚아나가야 하는데 열심히 노력해야지….

　점심에는 최 사장이 왔어요. 삼거리 근처에서 추어탕이나 먹자고 하니까 성남에 생선구이 먹으러 가자고 해서 드라이브 겸 갔는데, 정작 그 집이 없어서 상록 리조트 근처에 상록 쌈밥집에서 소고기 쌈밥을 먹었어요. 당구 얘기를 그렇게도 재미나게 하는 걸 들으면서 양평 고모부 생각이 나더라고. 식사가 끝날 무렵 최 사장 부인으로부터 전화가 왔는데 친구들과 식사 모임이 끝나고 점집에 간다고 30~40분쯤 걸린다네.

마지막 한 달

사람의 마음이라는 게 다 무엇인가에게 의지하고 싶은 약한 존재라는 것을 알 수가 있네요. 지금도 하나님을 믿지는 않지만, 찬송가를 듣고 목사님의 기도를 들으면서 당신이 마음의 평화를 얻을 수 있다면 그걸로 충분하다는 생각이에요.

당신에게는 미안하게도 난 하나님의 존재를 믿지는 않지만, 다른 가족들이 모두 믿으니 따라가는 거야. 그들을 존중해주는 방식으로….

2019년 2월 13일 00:20

　오늘도 하루가 지났네. 창신이는 열한 시쯤에 잠에 곯아 떨어졌어요. 잠자기 전 당신께 오늘 밤도 잘 주무시라고 하면서 굿 나잇 키스를 하는데 울컥해서 눈물이 나려고 했지요. 너무도 정성스럽고 애틋하게 당신을 보살펴주니 나는 너무도 행복하고 안쓰러워요.

　당신이 가고 난 후에 우리는 어떻게 당신이 없는 하루하루를 살아가게 될까요. 어떻게든 살아가게 되겠지만 당신이 남긴 그 많은 유무형의 흔적들을 어떻게 감당해낼 수가 있을까요?

마지막 한 달

이런 글을 쓰는 지금도 당신이 힘겹게 싸우고 있는 숨소리를 듣고 있자니 가슴이 미어지네요. 지금도 열 때문에 힘들게 입을 벌리고 숨을 몰아쉬고 있답니다.

계속해서 열과의 싸움이 이어지는 시간이지만, 잘 자고 내일 또 새 아침을 맞이합시다.

굿 나잇. 마이러브!

2019년 2월 15일 00:02

　여보, 오늘도 하루가 지나가고 있네요. 오늘은 발렌타인
데이야. 매년마다 당신이 초콜릿을 준비해서 주곤 했는데
이번에는 받지도 주지도 못하고 지나갔네. 그동안 잘 챙겨
줘서 고마워요.

　내일은 창신이 졸업식 날인데 당신도 나도 참석할 수 없
게 되었네. 같이 참석해서 축하해 줄 수 있을 줄 알았는
데. 창신이가 백령도에서 군 복무할 때 면회도 못 간 것이
이렇게 마음에 걸리네. 다행히 너무 씩씩하게 잘 생활하니
그것 보기도 짠하네.

마
지
막
한
달

오후에 안창호 과장이 와서 당신이 힘겹게 호흡하는 모습을 보고 이젠 시간이 얼마 남지 않았다고, 기도 많이 하시라고 하더라고. 그동안 힘들어하는 당신을 보면서 짐작은 하고 있었지만 의사로부터 직접 들으니 마음이 많이 아프네요.

마
지
막
한
달

2019년 2월 15일 00:02

    고작해야 체위를 변경하고 이마에 물수건 올려주고 열이 나면 물수건으로 닦아주는 것 따위밖에 해줄 수 있는 것이 없음으로 인해 느끼는 무력감과 시시각각 다가오는 당신과 이별해야 할 시간 앞에 속수무책일 수밖에 없다는 허무함을 견딜 수가 없네요.

    미안해요. 사랑해요. 영원히.

마지막 한 달

2019년 2월 15일 10:33

　방금 의사가 와서 이젠 암세포가 당신의 호흡 신경을 공격해서 호흡곤란을 겪고 있으며, 항생제나 뇌압을 낮추는 약물은 더 이상 주입하지 않는 게 나을 것 같다고 해서 그렇게 하라고 했어요. 당신을 위한다는 이유로 더 이상 고통을 강요할 수가 없기 때문이야.

　마음이 너무 아프고 미안해요. 이젠 정말 당신을 보내줘야 할 시간이 가깝게 느껴져서 어찌해야 할지….

　고통의 시간만이 흐르고 있네.

마
지
막
한
달

2019년 2월 16일 08:52

또 새 아침이 밝았어요. 어제는 창신이가 졸업식을 했는데 나도 당신 곁을 떠날 수 없어서 혼자 갔다 왔네요.

오후 의사 면담에서 이번 주말에 고비가 올 수 있다고 하여 현신이를 보내고 혼자 병실에 있는 동안 몇 번이고 우리가 함께 했던 시간들을 되돌아보게 되더라고. 그래도 즐거웠던 시간들이 훨씬 많았던 거 같아서 다행이었어요.

가장 큰 트러블이라고 해봤자 내가 돈을 잘 못 버는 거랑 약간의 섹스 트러블이 전부였잖아요. 그러고 보니 다 내가 잘못한 것들이네. 졸업식 후 회준이랑 찍은 사진이 올라왔는데 아주 예쁘더라고.

마지막 한 달

2019년 2월 17일 07:43

여보, 오늘은 사랑하는 우리 아들 현신이의 생일이야. 뜻하지 않게 일찍 임신해서 태어나게 되었는데, 낳은 지 얼마 안 되어 문제가 생겨서 인큐베이터에 들어가게 되었었지. 다행히 별 일없이 퇴원을 해서 잘 자라주었고 오늘 벌써 27번째 생일이에요. 직장 생활은 잘 하고 있는 것 같은데 나를 닮아서 여자 친구를 사귀지를 못하는 게 걱정이지. 그래도 때가 되면 잘 되겠지요. 너무 걱정하지 말아요

어제는 창신이와 당신의 몸을 닦아줬어요. 평소 매일 샤워하던 깔끔한 당신을 생각하면 병상에 누운 채 얼마나 꿉꿉해 할까요. 몸을 다 씻고 물이 필요 없는 샴푸로 머리를 감기고 나니 내가 다 시원하네.

마지막 한 달

당신 상태는 여전히 열이 38℃를 오르내리고 혈압도 높을 때는 거의 190 근처까지 오르내리고 있네요. 가장 힘들어 보이는 게 호흡인데… 이제는 입을 벌리고 구강호흡을 하는데 무호흡이 자주 나타나서 걱정이고 힘들고 답답해서 보기가 안타까워요.

창신이는 졸업식에 갔다가 누구에게 들었는지 당신에게 천국 얘기를 자주 하면서 자신도 하나님을 잘 믿겠다고 하는 것, 당신도 듣고 있겠지요. 찬송가를 듣고 있으면 마음이 편안해져서 좋아요. 창신이 졸업식과 현신이의 생일을 함께 할 수 있어서 너무 행복하답니다.

오전에 당신이 이제껏 보지 못했던 경련을 일으켰어요. 약 30초간 지속이 되더라고. 간호사들이 분주히 움직이고 조치를 취해서 다시 안정되었어요.

어제가 토요일이어서 처형과 처제가 올 줄 알았는데 못 오셨네. 1월 18일에 여기에 왔으니 어느새 한 달이 지나갔네. 그동안 설날 연휴가 있었고 창신이 졸업식이 있었는데 잘 버텨줘서 고마워요.

마지막 한 달

　오늘은 저녁에 현신이 생일파티를 하기로 했는데 창신이
가 당신의 상태가 심각하니 하지 말자고 하더라고. 근데
당신이 오늘까지 버텨주신 이유가 같이 현신이의 생일을
함께 하기 위해서인 것 같다고 말했어요. 마침 어제 근하
가 엄마랑 같이 오면서 사 온 케이크도 있기에 족발을 사
와서 파티를 하고 잠을 잤어요. 당신과 같이하는 마지막
생일 파티라고 생각하니 마음이 아프지만 한편으로는 좋
았지요.

마지막 한 달

2019년 2월 18일

아침에 일어나서 보니 당신 상태가 편안해 보여서 그동 안 쌓인 빨랫감을 가지고 여덟 시에 집에 와서 아침을 먹 고 짐을 챙겨 출발하려는데 현신이가 빨리 오라고 전화를 했어요.

급히 차를 몰아 청당 남부로 사거리서 신호 대기 중에 당신이 하늘나라에 가셨다는 전화를 창신이한테서 받고 주체할 수 없는 눈물을 흘리면서 주차장에 차를 대고 병 실에 오니 창신이 현신이가 울고 있더라고요.
한참을 같이 울고 나서 우선은 최 사장과 통화하고 교회 에 연락해보니 목사님이 쉬는 월요일이라 당장은 어렵다고 결론짓고 병원 목사님과 임종 예배를 드렸어요.

잠시 후 신정 장례문화원에서 도착했다는 전화를 받고 기다렸다가 당신을 먼저 장례식장으로 떠나보내고 병원비를 내고 사망 진단서를 받아서 우리도 장례식장으로 왔어요.

장례식장에 도착하여 사무실에서 기다리던 최 사장을 만나 초등학교 선배 김용찬 상무와 인사를 하고 세부사항들을 점검했는데, 이미 최 사장이 간단히 확인하여 결정을 마친 뒤라 상복을 받아서 3층의 식장으로 올라갔어요. 거기서 당신의 영정사진이 걸린 제단을 보게 되었지요. 창신이가 선택한 당신 사진은 눈부시게 아름다운 모습이었답니다.

상복으로 갈아입고 최 사장과 음식을 상의하고 조문 방식을 교회식과 전통식으로 결정을 했는데, 당신도 마음에 들어 할 것으로 생각했다오. 조문객 접대용 홀이 넓어서 조문객이 적을 경우 쓸쓸하지 않을까 살짝 걱정도 되었답니다.

제일 먼저 예산 누님께서 오셔서 당신의 모습을 보시고 하염없이 눈물을 흘리셨지요. 나도 누나를 보면서 그동안 우리에게 보내주신 크나큰 사랑에 감사의 눈물을 흘리지 않을 수가 없었답니다.

다음에는 형과 형수께서 오셨는데 그때는 내 마음 속에 약간의 원망이 있었지요. 천안 의료원으로 오고 나서 좀 더 자주 당신을 보러 와 주시기를 바랐는데….

세 시를 전후해서 갈릴리 교회에서 목사님과 장로님, 지역장님과 권사님들 그리고 집사님들이 오셔서 첫 예배를 드렸는데 김은순 권사님과 임정숙 권사님과 인사를 나눌 때는 흐르는 눈물을 주체할 수가 없었답니다. 당신이 처음 아플 때부터 그 누구보다도 함께 해주셨던 고마운 분들이지요.

온양 고모께서 민정이와 재만이를 데리고 오셨어요. 너무도 많은 것을 우리에게 베풀어주신 분이지요. 집안 공기를 정화시키는 화분을 보내주신 것이며, 맛있는 거 사 먹으라고 여러 번에 걸쳐 주신 돈과 사주신 음식 등 너무나도 크신 사랑을 베풀어주신 고모. 당신을 너무나도 예뻐해 주셨는데….

당신 언니와 동생도 왔지요. 눈물겹도록 당신을 위해 애써주시고 안타까움에 눈물짓던 자매였는데 당신이 내 언니, 동생으로 있어 줘서 고맙다고 말하곤 했지요. 당신의 영정 사진이 너무 예쁘게 나왔다고 좋아하시면서 동시에 슬퍼하셨지요.

제대로 입어보지도 못했던 많은 옷들 하며 병원에 올 때마다 사 주신 음식들. 너무나도 많은 사랑을 우리에게 주셨지요.

근하 엄마예요. 당신이 좋아하고 세 자매 중 당신이 가장 예뻤다고, 가장 품성이 고왔다고 늘 말씀하시며 성안말에 들를 때마다 당신을 위해 하나라도 더 챙겨주셨던, 너무 많은 사랑을 주시고 안타까워하셨던 분이시지요. 졸지에 형님을 잃으시고 그 큰 슬픔들을 어떻게 견디며 살아오셨을까요. 그 큰 슬픔을 아시기에 더욱더 나를 안타까워하신답니다. 가까이 살면서 그 은혜를 갚아나가야 하겠지요.

마지막 한 달

작은오빠가 오셨어요. 형님을 잃은 슬픔이 가시기도 전에 당신의 발병 소식을 듣고 너무나 낙담하셔서 내게 원망아닌 원망도 하셔서 나를 힘들게도 했는데, 다 당신을 사랑하기 때문임을 알기에 고맙게 생각하고 있어요. 서울대병원에 오실 때마다 사 오셨던 사랑의 야쿠르트가 생각이납니다.

마지막으로 천안 의료원에 오셔서 당신의 손을 잡고 "내동생으로 태어나고 살아줘서 고맙고, 하늘나라에 가서 아버지랑 큰오빠 만나서 같이 잘 기다리고 있어. 사랑해."라고 하던 모습이 생각이 나네요.

넓은 홀을 가득 채울 만큼 조문객이 많아서 정말 좋은 거 같아요. 내 손님보다 창신이 친구들이 많이 와줘서 자리를 지켜주니 당신이 더 좋아할 것 같아요. 나를 아부지라 부르며 따르는 창신이 짱 친구들 당신도 알지? 학생 때는 사고도 쳐서 당신을 놀라게도 했는데, 이제는 모두 어엿한 신사가 되었어요. 창신이 말로는 형제보다 더 친한 사이라고 합니다.

늦도록 친구들이 많이 와줘서 육개장이 동이 나서 부랴부랴 북엇국을 추가로 조달해 왔어요. 최 사장이 이 모든 걸 주관해줘서 오늘 하루가 잘 마무리되었답니다.

마지막 한 달

2019년 2월 19일

오늘은 열 시에 입관을 하고 열한 시에 입관 예배를 드리기로 했어요. 최 사장이 아침을 챙겨줘서 대충 먹고 샤워를 했어요. 상주는 원래 씻지 않는 게 예라고 하지만, 깔끔한 당신을 마지막으로 보는 날이니 당신도 분명 좋아하실 듯합니다.

시간이 되어 장의사가 와서 우리를 지하에 있는 입관실로 안내해 갔어요. 침대 위에 누워 있는 당신의 화장한 모습을 보고 주체할 수 없는 눈물이 나네요. 안타까움, 미안함, 그리움, 그리고 서러움까지 모두 포함한 형언할 수 없는 감정이었답니다.

마지막 한 달

　수의를 입기 전에 마지막으로 당신께 인사하고 얼굴을 맞대보니 그 차가운 감촉이 지금도 느껴지네요. 당신에게 수의를 입히는 동안 창신이, 현신이를 비롯한 당신을 사랑하는 가족들은 하염없이 눈물을 흘렸답니다.

　수의를 다 입고 입관을 위해 당신 옆에 서니 장의사가 꽃장식의 의미를 설명해주었는데 꽃길을 걸어가시라는 뜻이랍니다. 너무나도 안타까운 발걸음이지만, 아름다운 꽃길로 하늘나라에 가시기를 기도합니다.

입관식을 마치고 3층에 있는 우리의 식장으로 올라온 후 입관 예배를 드리게 되었답니다. 권사님, 집사님, 지역 장님, 목사님, 장로님 등과 함께 당신의 마지막 모습을 기리며 추모하는 시간이 되었답니다.

예배가 끝나고 목사님과 향후 일정을 조율하는데 오후 예배는 우리 가족들이 드리기로 하고 목사님께서 주관하시는 예배는 내일 아침 발인 예배와 화장 전 예배로 하기로 했답니다.

마지막 한 달

아버지를 아침에 모셔왔는데 당신의 영정 앞에 앉아서 눈물을 흘리시는 모습을 보고 있자니 참담한 마음을 주체할 수가 없네요. 당신이 그러하듯 당신을 너무도 사랑해 주셨는데, 자식을 잃은 부모의 마음을 당신을 보내야만 하는 나의 마음과 비춰봅니다.

양평 고모와 고모부께서 오셨어요. 불과 며칠 전에도 멀리서 당신을 찾아오셨는데 송구한 마음입니다. 당신을 그렇게도 많이 자랑하셨다고 또 칭찬하시고 아까워하셨답니다.

노재와 작은아버지도 오셨어요. 그리고 성안말 당신의 6
촌들께서도 대거 참석하여 당신을 추억했답니다.

　　당신이 가장 좋아했던 광주 선생님과 이천의 선생님들,
영란 선생님과 천안의 선생님들, 그리고 당신의 고등학교
친구들… 특히 영이 씨는 당신에게 절하면서 한없이 울어
서 우리를 안타깝게 했답니다.
　　이렇듯 당신의 모습이 그들의 가슴속에 아름답게 남아
있음에 감사하며 당신을 대신해서 그들과 함께 할 수 있도
록 노력하겠습니다.

그밖에도 우리가 함께 했던 친구들이 많이 와줘서 당신을 추억했답니다. 현대전자 출신의 맏형님, 하 이사님과 동기인 강 사장님, 김영배 선배와 한동석, 이대영, 이현배 씨을 비롯해 고등학교 친구들까지….

특히 김영배 선배의 부인은 우리가 결혼 전 집을 구하러다닐 때 남산만 한 배를 이끌고 함께 해준 분이었죠. 그 형수를 부둥켜안고 한참을 울었다오. 벼리 엄마와도 한참을울었던 거 같아요.

밤늦도록 자리를 지켜주신 우리의 가족들과 친구들 덕분에 조금도 쓸쓸하지 않게 당신을 보내는 둘째 날을 보내게 되어 한없이 슬프고 안타까운 밤이지만 한편으로는 행복한 밤이었답니다.

오후에 왔던 고향 친구인 박정수는 오륙 년 전에 남편을 잃었는데, 문상을 받고 보니 한없이 미안하고 안쓰러운 마음이 들어 많이도 울었답니다.

마지막 한 달

　하루종일 최 사장은 음식을 체크하고 오랜만에 만난 고등학교 친구들과 재미있게 대화하며 보내고 창신이의 친구들과도 분위기를 압도하는 입담으로 아이들의 감탄을 자아내며 밤을 지새웠답니다.

2019년 2월 20일

잠시 잠이 들었는데 최 사장이 다섯 시 반이라며 깨워서 시간을 보니 정각 다섯 시였어요. 발인 시간이 일곱 시로 잡혀 있어서 여섯 시 반에 목사님과 신도들이 오셔서 발인 예배를 보기로 되어있기 때문에 서두를 필요가 있었답니다.

북엇국으로 아침 식사를 하고 기다리니 목사님께서 도착하셔서 예배를 보고 서둘러서 조문실의 짐들을 차에 싣고 1층으로 내려갔지요.

당신의 관을 창신이 친구들이 운구하여 리무진에 싣고 출발했답니다.

영신이가 당신의 영정사진을 들고 앞자리에 타고 나와 현신이, 창신이는 뒷좌석에 나란히 앉아서 가는데 창가를 스치는 바람 소리가 마치 여러 사람들이 웅성거리는 소리처럼 들려 최 사장이 나에게 무슨 이야기를 하는 듯하기도 했답니다.

　　천안의 화장장에 도착하여 잠깐의 서류 작성을 하고 곧바로 예배를 드렸는데, 이때는 정말 어떤 말로도 표현할 수 없는 안타까움, 미안함, 서러움, 그리움, 마지막으로 당신을 보내는 마음에 깊은 한숨을 한없이 내뱉고 하염없이 흐르는 눈물을 너무나도 많이 흘렸답니다.

마지막 한 달

예배가 끝나고 창신이 친구들이 운구하여 입구로 들어서서 간단한 신원 확인을 하고 2층의 관람실로 올라갔지요. 목사님께서 오셔서 다시 한번 기도와 찬송가를 부르며 당신의 마지막 길을 추모했지요. 이후 화장이 마무리되는 한 시간여의 시간 동안 처형과 처제, 근하 엄마, 창신이, 현신이와 함께 찬송가 '하늘 가는 밝은 길이'를 들으며 눈물로 당신을 추모했지요.

화장이 마무리되어 유골함을 들고 1층으로 내려가서 당신의 유골을 받아 창신이가 들고 차에 타고 송악의 봉안당으로 이동해 가는 중에 유골함이 뜨거워 힘들어하는 창신이에게서 내가 받아들고 봉안당에 도착했답니다.

봉안당에 도착하여 서류를 작성하고 비용을 지불하는 절차를 마치고 서류를 받아 2층에 있는 안치실로 내려가 낯선 안치실의 풍경과 처음으로 마주하게 되었지요.

직원의 안내를 따라가서 당신의 유골을 안치할 장소를 보니 아주 좋은 곳으로 배정이 되어 가족들 모두가 좋아했답니다. 당분간은 매일 와서 당신을 그리워하고 추모하면서 편안히 머물 장소가 되겠지요.

마지막 한 달

　그리고 정말 마지막으로 당신께 작별인사를 해야 하는 시간을 가졌답니다. 사랑하는 가족들 한 사람 한 사람 돌아가면서 눈물로 당신과 이별의 인사를 나누고 나니 꿈꾸고 있는 듯이 몸이 떨려옵니다.

　당신과의 이별 의식을 마치고 나니 열한 시가 조금 지난 시간이었는데 식사가 준비가 되지 않아서 기사와 최 사장이 상의하여 돌아가는 길에 있는 국밥집에서 점심을 먹기로 했답니다. 식당에 도착하여 국밥과 떡국으로 식사를 했는데, 여기서도 최 사장이 마치 국밥집 사장처럼 서빙까지 해주었답니다.

식사를 마친 후에 가족과 친구들에게 내가 공부하고 있는 공자님의 인에 대하여 간단히 소개하고 자기애와 가족애, 그리고 인류애의 의미를 되새기며 살자고 인사를 한 후에 최 사장을 불러서 나와의 관계와 지난 3일 동안 나를 위해 헌신해준 후의에 감사의 박수를 보냈답니다.

장례식장에 돌아와 가족들과 한 사람씩 포옹하며 인사하고 친구들과도 작별을 고한 뒤, 마지막으로 최 사장과 이별하고 집으로 돌아왔답니다.

　창신이와 현신이를 태우고 집으로 오는 길이 낯설고 서럽게만 느껴지네요. 집에 도착해서 차 안의 짐들을 집안으로 옮겨놓고 보니 한숨만이 나오고 집안 곳곳에 묻어있는 당신의 흔적들이 서럽게 내 몸을 적셔옵니다.

　앉을 수도, 서 있을 수도 없어 온 집안을 걸어 다니고 있는 나를 봅니다. 안절부절못한다는 말이 이런 거 같더라고요.

안방에 모셔놓은 당신의 사진이 너무 예뻐서 더욱 서럽고 안타깝더이다. 그렇게 시간이 흐르고, 창신이가 당신이 마지막까지 입고 있던 내가 사준 빨간 패딩 점퍼가 세탁실에 있는 것을 보고 당신을 생각하고 울었답니다. 당신과의 추억이 새겨진 이 모든 물건들을 어찌해야 할까요.

아버지를 보러 갔는데 나를 보시고는 하염없이 눈물을 흘리시더이다. 당신이 차지하셨던 자리를 무엇으로 채울 수 있을까요. 서러움의 눈물이 하염없이 흐릅니다.

저녁 식사를 어떻게 했는지 기억이 나지 않는데 밤늦은 시간에 창신이, 현신이와 맥주를 마시고 잤던 거 같구려.

2019년 2월 21일

　당신을 보내고 맞이하는 첫 번째 날이 밝았습니다. 새벽에 일어나서 당신을 봅니다. 환하게 웃고 있는 당신의 모습이 너무도 아름다워 또다시 서러움의 눈물이 납니다. 이렇게 예쁘고 귀한 보석 같은 당신을 잊고 살았던 지난날들을 생각하면서 후회의 눈물이 흐릅니다.

　집안 구석구석 묻어나는 당신의 흔적들을 온몸으로 느끼고 있습니다. 긴 한숨이 연속해서 이어지는 나를 봅니다. 무엇을 해야 할지, 어떻게 해야 할지 알 수가 없네요. 그저 여기저기 서성거려봅니다.

누나에게서 전화가 와서 당신에게 가는 시간을 정하고 기다리는 동안 당신 옷가지들을 어떻게 해야 할지를 창신이와 상의하는데, 형수님께서 당신의 옷들을 기꺼이 입어 주시겠다고 하니 감사하지요. 당신도 좋아할 것으로 생각되기 때문이랍니다.

열 시 반이 되어서 누나와 경민이가 왔네요. 경민이가 장례식장에서 내가 쓴 병상 일기를 보고 울던 모습이 생각이 납니다. 바로 출발해서 납골당에 도착하여 차례차례 당신과 인사를 나누었답니다. 모두들 당신과의 추억들을 이야기하면서 눈물을 흘립니다.

  찬송가 '하늘 가는 밝은 길이'를 부르고, 누나가 기도를 해주시고, 다음으로 우리가 추도 예배 때 주로 부르는 찬송가 '그 어디나 하늘나라'를 불렀답니다.

  누나의 제안으로 당신과의 추억이 담긴 쌈밥집 고구려에서 점심을 먹기로 하고 집에 와서 아버지 점심을 차려드리고 고구려로 갔는데, 자리가 없어서 대기하다가 자리를 잡게 되었답니다.

주꾸미 볶음과 제육볶음을 주문해서 먹었는데, 누나 덕분에 당신과의 추억이 가장 많은 곳이 되었답니다. 지난여름인가 가을에 천안의 구몬 선생님들과 함께 했던 곳이기도 하지요.

당신과의 추억을 이야기하며 즐겁게 식사를 마치고 집으로 돌아왔답니다.

2019년 2월 22일

　오늘은 전통 장례 절차상 삼우제 날이랍니다. 상을 치르고 첫 제사가 초우제, 두 번째가 재우제, 세 번째 제사가 바로 오늘의 삼우제랍니다.

　어제저녁에 연락을 해서 근하 엄마도 참석하신다고 하셔서 함께 가기로 했지요. 열 시가 되어 근하 엄마가 오셔서 출발해 당신에게 왔어요.

　당신과 인사를 나누고, 찬송가를 부르고, 당신을 추억하는 시간을 가진 후 차를 타고 내가 제안을 해서 인상 형님 묘소에 들르기로 했는데, 가다 보니 당신이 아픈 이후로 한 번도 오지 않아 묘지로 가는 길이 헷갈리더라고요.

마지막 한 달

묘지 앞에 도착하여 절을 올리는데 하염없이 눈물이 났지요. 그곳에서 당신을 만나면 잘 부탁드린다고 했어요.

눈물이 너무 나서 담배를 한 대 피우는데 근하 엄마께서 건강을 생각해서 피우지 말라고 하셨어요. 그래서 지금은 살기 위해 피운다고 말씀드렸지요.

참배를 마치고 점심을 먹기로 해서 신정호 근처에 촌장골에 갔는데 식구들 모두 만족스럽게 식사를 했지요.

식사를 마치고 서둘러서 집으로 와서 아버지 점심을 차려드렸어요. 아버지가 나를 보면 계속해 울먹이시는 통에 보기가 힘이 듭니다.

저녁에 창신이는 여자친구 희준이가 오기로 해서 나가고, 나와 현신이는 당구를 치러 갔는데 두 번을 다 졌네요. 팔에 힘이 잘 들어가지를 않더라고요.

　집에 와서 어제 사 와서 먹다 남은 치킨을 안주 삼아 맥주를 마셨어요.

마
지
막
한
달

2019년 2월 23일

　오늘은 창신이 여자친구 희준이가 당신을 만나러 가는 날이라 아침부터 기분이 좋아지네. 결혼까지도 생각한다고 하니 반은 우리 식구와 다름없고, 당신이 생전에 만나 봤기에 더욱 마음이 가는 아이지요. 자주 울음을 보인다는 소리를 들으니 공감 능력이 좋을 것 같습니다. 당신이나 나나 합격점을 줘야 할 것 같아요. 역시 마음이 가장 중요한 것 아니겠어요?

　아침을 먹고 창신이를 기다리다가 안 오기에 선문이 형네 집에서 차를 한잔 마시고 오니 창신이가 희준이와 함께 엄마를 먼저 보고 도착했는데, 형수님께서 집을 치우는 동안 기다리라고 해서 어디로 간 모양이더라고.

마지막 한 달

　창신이와 희준이를 집에 남겨두고 우리는 당신을 만나러 갔는데, 당신이 생전에 형수님께 나와 아이들을 부탁했다는 소리를 처음으로 듣고 가슴이 미어지게 아프더이다. 그런 사실도 모르고 형수님을 원망했던 내가 부끄러워졌답니다.

　당신과 작별하고 점심으로 시골농장에서 오리고기를 먹었는데, 당신과 자주 함께했던 추억의 장소랍니다. 전에 우리가 먹던 대로 주물럭과 훈제를 먹었는데 희준이도 맛있다면서 잘 먹어서 기분이 좋더라고요.

식사가 끝나고 희준이 차 시간에 여유가 있어서 앞에 있는 커피숍에서 차를 마시고 희준이를 보낸 뒤 집으로 왔지요.

2019년 2월 24일

어젯밤에 장례식 첫날의 일기를 쓰다가 세 시쯤에 잠든 것 같은데 일어나보니 여섯 시 반이었지요.

당신을 보내고 처음 맞는 주일인데 교회에 갈 자신이 없어서 어제 김은순 권사님과 통화하여 감사 헌금 백만 원 대납을 부탁드렸더니 극구 말리셔서 결국 오십만 원을 하기로 했답니다.

식사 시간까지는 시간 여유가 있어서 어제 쓰던 일기를 썼는데 당신의 언니와 동생, 그리고 오빠와 근하 엄마 이야기를 쓰는 대목이라서 눈물을 멈출 수가 없었어요.

여덟 시 반이 되어 아이들과 함께 아침을 먹은 뒤 마음이 바뀌어서 교회에 직접 가서 인사도 드리고 헌금도 드리자고 하니 아이들도 좋다고 하여 권사님께 말씀드렸더니 잘 생각했다고 하시네요.

나는 급하게 양복을 입고 아이들도 서둘러서 당신에게 갔지요. 당신 앞에 서서 어제 당신이 매주 공주에서 오시던 것을 생각하고 아이들 몰래 울었다고 말하고 나니 다시 하염없이 눈물이 났지요.

마지막 한 달

차례로 창신, 현신, 형님도 기도를 하고 찬송가 '하늘 가는 밝은 길이'를 부르고 서둘러 차를 타고 교회에 도착하니 열 시 사십육 분이었지요.

현관에서 장로님을 만나서 인사를 드리고 헌금 봉투를 쓰는데 임정숙 권사님이 알아보시고 오셔서 인사를 했어요.

그 뒤 3층 예배실로 올라가니 여경아 지역장님이 안내를 맡고 계셔서 인사를 드리고 착석했는데 장례식 예배를 주관하셨던 목사님이 오셔서 인사를 드렸지요. 설교 중간중간 찬송가를 부르면서 설교를 해주셔서 졸지는 않았지요.

예배를 마치고 나와서 권사님 두 분과 지역장님을 만나 인사하면서 이번 주 내로 식사 자리를 마련해 만나자고 약속을 했어요.

돌아오는 길에 당신을 추억하며 천안아산역 방향으로 들어서는데, 갑자기 눈물이 너무 나서 차를 돌려 집으로 오는 길에 점심을 칼국수집에서 먹기로 하고 집에 도착하니 형이 떡국을 먹자 하여 떡국을 먹었답니다.

소파에서 잠시 졸다 보니 여섯 시가 되었는데, 당신이 가장 좋아하는 아이들이 나오는 프로를 보면서 당신을 생각합니다. 아이들을 유난히도 좋아하시던 당신이었는데….

마지막 한 달

저녁에는 창신이의 제안으로 과메기를 먹기로 하여 창신이가 사러 갔는데 시간이 지나도 오지 않아 걱정을 했어요. 들어보니 이마트에서 당신 친구 엽병녀를 만나고 친구도 만나서 늦었다 하더이다. 어느 해인가 재홍 아빠가 과메기를 많이 보내줘서 포식을 했던 기억이 나네요.

창신이는 당신의 예전 핸드폰에 있는 사진을 자신의 전화기로 옮기는 작업을 하면서 사진에 담긴 사연에 자주 울어요. 좀 전에도 당신의 사진을 스캔하면서 울먹이더니 간신히 잠이 들었다오.

지금이 세 시 반인데…. 현신이가 자전거를 타고 편의점에 갔다가 넘어져서 손과 팔에 찰과상을 많이 입었네. 당신을 닮아 그런 듯하니 잘 보살펴 주시구려.

저자 후기

어느덧 아내를 하늘나라로 보낸 지 73일이 흘렀다. 연세대학교 원주캠퍼스에서 교수로 재직하고 있는 친구 이수용 박사의 도움으로 나의 일기를 한 권의 책으로 만들기로 하였고, 오늘로 최종 원고 교정을 마치고 인쇄를 하기로 한 뒤 이 글을 쓰게 되었다.

책머리에 "어머니가 천국에 올라가신 지 46일째 되는 날입니다."라는 아들 창신이의 카페 게시글을 두어 아내의 투병 생활 전 과정을 기록하였다. 세월이 약이라는 말이 있듯이 나도 일상으로 돌아와 생활하고 있다. 하지만 아직은 매일 아침 아내의 납골당을 방문하는 것으로 하루를 시작하고 있다.

나의 일기에서도 언급했듯이 아내의 투병 기간 동안 물심양면으로 도움을 주신 가족들과 나와 아내의 친구들에게 감사의 마음을 전하며, 천안 갈릴리 교회 목사님을 비롯한 장로님, 지역장님, 권사님들과 집사님들께도 감사를 드린다.

  특히 장례식 전체를 주관해주고 장례를 마친 뒤 지금까지 나를 보살펴준 친구 최보선 사장에게 감사를 드린다. 또한 최근 결혼한 아들에게 다시 한번 축하 인사를 건네며, 이 책이 만들어지도록 도움을 준 친구 이수용 박사께도 감사드린다.

  2019년 4월 30일 곽노흥

마
지
막
한
달